SACRÉE PAGAILLE !

Pour son anniversaire,
Lola a reçu le cadeau qu'elle voulait
depuis longtemps : un chiot !
Un chiot joueur et farceur qu'elle
baptise immédiatement Woufi.
Et avec lequel elle espère bien
s'amuser plusieurs heures chaque jour.
D'ailleurs, ça commence dès aujourd'hui,
et son ami Titou est ravi de partager
cette journée avec elle.

Ce que Lola n'imaginait pas,
c'est que Woufi allait lui faire vivre
des aventures très différentes
de celles dont elle avait rêvé.
Car Woufi est un petit diable,
il est jeune et ne sait pas
toujours ce qu'il fait.

Les premiers jours où Woufi était à la maison, les parents de Lola étaient tout étonnés : voilà un chiot très discipliné, toujours sagement couché dans son panier, où il dormait en souriant aux anges. De toute évidence, il n'y aurait pas grand-chose à lui apprendre pour qu'il soit parfaitement éduqué.

Mais les jours suivants,
les parents de Lola se mirent
en revanche à avoir bien des soucis
avec leur fille : chaque fois qu'ils
rentraient à la maison, ils découvraient
une bêtise que cette coquine de Lola
avait faite. C'était incroyable !

Il y eut le jour où ils virent, par exemple, des grains de riz éparpillés partout sur le sol de la cuisine.
Ce que Lola pouvait être maladroite quand elle se mettait en tête de ranger les boîtes !
Et elle n'avait même pas l'idée de prendre un balai !

Et le jour où ils trouvèrent l'essuie-tout déroulé et déchiré tout le long du couloir, c'était incroyable, ça aussi !
Lola avait sûrement dû renverser de l'eau cette fois et elle n'avait pas très bien su comment l'essuyer.
Le papier, elle aurait tout de même pu le jeter !

Et puis cet autre jour où ils
découvrirent des traces de boue
partout sur la moquette du salon !
Combien de fois n'avaient-ils pourtant
pas dit à Lola de bien s'essuyer
les pieds sur le paillasson avant
d'entrer dans la maison !
Cette enfant était méconnaissable !

Évidemment, ses parents
étaient fort mécontents de ses bêtises
et Lola se faisait chaque fois
sévèrement gronder. Lola était triste,
au point d'en regretter presque son
cadeau d'anniversaire, ainsi qu'elle
l'expliqua un jour à son ami Titou.

Elle avait beau protester en expliquant qu'elle n'y était absolument pour rien et que c'était Woufi le responsable, comment la croire alors que ce chien passait son temps à somnoler tranquillement dans son panier quand les parents de Lola étaient là ?

Pour finir, Lola, fatiguée de se faire gronder pour ce qu'elle n'avait pas fait, proposa à ses parents de se cacher un jour derrière les tentures du salon pour observer ce que faisait Woufi dès qu'ils avaient le dos tourné, ce qu'ils firent, presque à regret.

Ils purent alors observer une série de bêtises dont Woufi avait le secret : des livres mordillés, le tissu du canapé griffé et la nappe de la table basse tirée jusqu'à ce que tombe tout ce qui était posé dessus. En toute innocence, ce coquin de Woufi vint même leur mordiller les pieds ! Le voilà qui était joliment démasqué en tout cas !

"Tu avais raison, Lola, ce n'était pas toi qui avais fait toutes ces bêtises !" s'excusèrent ses parents. Ils décidèrent d'envoyer Woufi au dressage pour qu'il apprenne quelques bonnes manières. Lola savait qu'ainsi Titou et elle pourraient s'amuser tranquillement avec lui et qu'elle ne serait plus jamais grondée pour ce qu'elle n'avait pas fait.